Joann Sfar

Le Petit Prince

D'après l'œuvre d'Antoine de Saint-Exupéry

Couleurs de Brigitte Findakly

Gallimard

Pour Sandrina
J.S.

L'auteur remercie Olivier d'Agay, Thomas Rivière,
Marc du Pontavice, Lewis Trondheim, Gérard Feldzer,
Marie-Christine Poilpré, Marc Picol, John Phillips
et la Maison des auteurs à Angoulême.

Lorsque j'avais six ans j'ai vu, une fois, une magnifique image, dans un livre sur la forêt vierge qui s'appelait "Histoires vécues". Ça représentait un serpent boa qui avalait un fauve.

"Les serpents boas avalent leur proie tout entière sans la mâcher. Ensuite ils ne peuvent plus bouger et ils dorment pendant les six mois de leur digestion."

Ça m'a fait réfléchir.

C'est à cette époque que j'ai fait mon premier dessin.

Il était comme ça.

2

Les choses sérieuses, c'est réparer cet avion.

Parce que Simon vous allez mourir.

Moi je m'en fiche, je suis la fumée.

?

Et on ne devrait pas fumer dans un ouvrage destiné à la jeunesse.

!

Hé! Attends...

Non.

Je m'évapore.

3

Les grandes personnes m'ont conseillé de laisser de côté le dessin.

Les grandes personnes ne comprennent jamais rien toutes seules.

J'ai beaucoup vécu chez les grandes personnes. Je les ai vues de très près. Ça n'a pas trop amélioré mon opinion.

Je leur parle de bridge, de golf, de politique et de cravates.

Jamais de serpent boa.

On n'a rien d'intéressant à se dire.

5

Mais...

Qu'est-ce que tu fais là ?

S'il vous plaît, dessine-moi un mouton.

C'est la première fois qu'on comprenait mon dessin.

Oui mais ça ne me va pas.

Un boa c'est très dangereux, et un éléphant, c'est très encombrant.

Chez moi c'est tout petit. J'ai besoin d'un mouton.

Dessine-moi un mouton.

Bon.

Critch! Critch! Critch!

Non

Celui-là est déjà très malade, fais-en un autre.

C'est tout à fait comme ça que je le voulais.

Crois-tu qu'il faille beaucoup d'herbe à ce mouton?

Pourquoi?

Parce que chez moi c'est tout petit.

Ça suffira sûrement. Je t'ai donné un tout petit mouton.

Pas si petit que ça...

Tiens! il s'est endormi.

1

Toi aussi tu viens du ciel! De quelle planète es-tu?

Hé! Tu viens d'une autre planète?

...

Toi, dans ton avion, tu peux pas venir de bien loin.

Ce qui est bien, avec la caisse que tu m'as donnée, c'est que, la nuit, ça lui servira de maison.

Où c'est, chez toi ?

Tu veux l'emporter où, mon mouton ?

Il dormira dans la caisse que tu m'as donnée.

Ça lui servira de maison

Bien sûr.

Je te donnerai aussi une corde pour l'attacher pendant le jour

13

Et un piquet.

Quelle drôle d'idée! Pourquoi veux-tu l'attacher?

Simon il ira n'importe où et il se perdra.

Ha! Ha! Méééénon! Où tu veux qu'il aille?

N'importe où. Droit devant lui...

Tu ne te rends pas compte.

C'est tellement petit chez moi.

Droit devant soi on ne peut pas aller bien loin.

Ta planète, c'est plus grand qu'une maison, tout de même.

Pas trop.

14

Attends, j'ai une carte du ciel.

Fais-moi voir où tu habites

Tu as le temps? Tu devrais pas réparer ton..."avion"?

Fais-moi voir ta maison.

Je ne sais pas.

Là? Non.

Là? Non

Et là? Non.

Ensuite on arrive dans les astres tout petits. Ceux auxquels les savants ne donnent même pas de nom

Alors on est sur le bon chemin.

Tu crois qu'il peut s'agir de l'astéroïde B-612 ?

Je ne sais pas.

Il n'a pas eu de chance, cet astéroïde : le savant qui l'a découvert, en 1909, était turc.

Et alors ?

Héééé bien, il portait des vêtements orientaux alors personne n'a pris sa découverte au sérieux.

Heureusement, peu après, un dictateur a forcé les Turcs à porter les pantalons d'Occident, sous peine de mort.

Grâce à ça, le savant a pu revenir faire sa démonstration. Et grâce à ses nouvelles culottes, tout le monde a été de son avis.

Hi! Hi!

C'est grâce à ce Turc que ta planète existe officiellement.

Je ne sais pas si c'est elle.

Je ne sais même pas si elle a un numéro.

Pardonne-moi. J'ai besoin de donner des noms aux choses, des numéros, de savoir leur taille.

Si ça continue je vais te demander combien elle coûte, ta planète.

Là où j'habite, si je dis "j'ai vu une maison de cent mille francs", on me répond: "que c'est joli!".

Mais si je décris la maison, avec ses briques roses, ses géraniums aux fenêtres et ses colombes sur le toit, tout le monde s'en fiche.

Pourquoi?

Parce que je crois que je suis une grande personne.

Hé!

Ça n'est pas de ta faute.

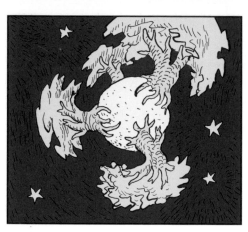

Tu as fait un mauvais rêve.

Oui. Il y avait des baobabs partout.

Rendors-toi, tu n'as rien à craindre des baobabs cette nuit.

Si.

Regarde autour de toi. Rien ne pousse ici.

Ici non.

Mais chez moi, c'est différent.

Pendant que je ne suis pas là, ça pousse. Peut-être, grâce au mouton, ça va changer.

Pourquoi?

Parce qu'il me semble que les moutons mangent les petits arbustes.

C'est sans doute vrai.

21

Mais les baobabs sont loin d'être des petits arbustes, tu sais.

Ils sont grands comme des églises.

Et même si tu emportais avec toi tout un troupeau d'éléphants.

Ils ne viendraient pas à bout d'un seul baobab.

Pour qu'ils tiennent chez moi, il faudrait les mettre les uns sur les autres.

N'empêche. Les baobabs, avant de grandir, ça commence par être petit. Si l'on s'y prend trop tard, on ne peut jamais s'en débarrasser.

CRRRR···Oui···il faut une équipe de secours d'urgence···G33t···

Sinon CRRRR··· graines de baobabs partout··· Personne pour les arracher···

Ça grandit, ça infeste tout eeeet

KRAAAAAK ! La planète en éclats.

Tu parles à qui?

À personne.

La radio est cassée alors je joue.

Oh, moi aussi, s'il te plaît!

J'ai fait un dessin pour avertir les enfants de ma planète.

Au sujet de quoi?

Sur le danger des baobabs. Regarde. C'est un paresseux qui a laissé proliférer trois graines. À présent, sa planète est fichue.

Oui.

C'est exactement comme ça que ça se passe.

Parce que lorsqu'ils sont petits, on ne distingue pas trop les baobabs des simples rosiers.

Chez moi, tous les matins, après la toilette, j'arrache les baobabs. C'est un travail très ennuyeux, mais facile.

Ici, on dirait qu'il n'y en a pas.

Oui, on dirait.

25

Enfants, faites attention aux baobabs.

Les graines sont invisibles. Elles dorment dans le secret de la terre jusqu'à ce qu'il prenne fantaisie à l'une d'elles de se réveiller.

Alors elle s'étire, et pousse d'abord vers le soleil une ravissante petite brindille inoffensive.

S'il s'agit d'une brindille de radis ou de rosier, on peut la laisser pousser comme elle veut.

Mais s'il s'agit d'une mauvaise plante, il faut l'arracher aussitôt.

Enfants, faites attention aux baobabs

Au matin du quatrième jour qui suivait l'accident, le petit prince m'a dit :

J'aime bien les couchers de soleil.

Allons voir un coucher de soleil.

Mais il faut attendre.

Attendre quoi ?

Que le soleil se couche.

C'est vrai. Je me crois toujours chez moi.

Chez moi, un jour, j'ai vu le soleil se coucher quarante-quatre fois.

Tu sais, quand on est tellement triste on aime les couchers de soleil.

27

Le jour des quarante-quatre fois, tu étais donc tellement triste ?

5e jour. Je n'arrivais pas à réparer mon avion. Je n'avais plus beaucoup d'eau.

Un mouton, s'il mange les arbustes, il mange aussi les fleurs ?

Un mouton mange tout ce qu'il rencontre.

C'est ce jour-là, toujours grâce au mouton, que me fut révélé un secret de la vie du petit prince.

Même les fleurs qui ont des épines ?

Oui.

Alors les épines, à quoi servent-elles ?

Hé ! Je t'ai posé une question.

Ça sert à rien les épines.

C'est de la pure méchanceté de la part des fleurs. Laisse-moi travailler.

29

Je ne te crois pas!

Les fleurs sont faibles. Elles sont naïves. Elles se rassurent comme elles peuvent. Elles se croient terribles avec leurs épines.

Et toi tu crois que les fleurs...

Mais non! Mais mon je me crois rien je m'occupe de choses sérieuses.

Tu parles comme les grandes personnes.

Tu confonds tout. Tu mélanges tout.

Si les fleurs fabriquent des épines depuis des millions d'années et si elles se font tout de même manger par les moutons, c'est sérieux.

Pourquoi elles se donnent tant de mal pour fabriquer des épines qui ne servent jamais à rien?

F. ANRY

Je connais une planète où vit un monsieur qui n'a jamais aimé personne. Il fait des additions toute la journée et il dit que c'est sérieux.

Arrête.

Si je me répare pas mon avion, ma vie va s'arrêter.

Tu comprends?

31

Je connais une fleur qui n'existe nulle part sauf sur ma planète.

Elle n'existe qu'à un exemplaire dans les millions et les millions d'étoiles.

Et quand je regarde le ciel je me dis : "ma fleur est là quelque part"!

Et ça suffit pour que je sois heureux. Imagine si un mouton la mangeait sans faire exprès.

Ça serait comme si d'un coup toutes les étoiles s'éteignaient.

Tu trouves que ça n'est pas sérieux ?

3

Il ne put rien dire de plus. Il éclata brusquement en sanglots.

Il y avait sur la Terre un petit prince à consoler.

Je le pris dans mes bras. Je le berçai.

Je lui disais : "la fleur que tu aimes n'est pas en danger."

Je lui dessinerai une muselière, à ton mouton.

Je te dessinerai une armure pour ta fleur

...je...

Il y avait toujours eu, sur la planète du petit prince, des fleurs très simples, qui ne tenaient point de place et ne dérangeaient personne.

Elles apparaissaient un matin dans l'herbe et puis elles s'éteignaient le soir.

Mais celle-là avait germé un jour, d'une graine apportée d'on ne sait où.
Et le petit prince avait surveillé de très près cette brindille qui ne ressemblait pas aux autres brindilles.

Le petit prince, qui assistait à l'installation d'un bouton énorme, sentait bien qu'il en sortirait une apparition miraculeuse.

Mais la fleur n'en finissait pas de se préparer à être belle, à l'abri de sa chambre verte. Elle choisissait avec soin ses couleurs.

Elle s'habillait lentement.

Elle ajustait un à un ses pétales. Elle ne voulait pas sortir toute fripée comme les coquelicots.

Elle ne voulait apparaître que dans le plein rayonnement de sa beauté.

Sa toilette mystérieuse avait donc duré des jours et des jours.

Et puis voici qu'un matin, justement à l'heure du lever du soleil, elle s'était montrée.

Et elle qui avait travaillé avec tant de précision, dit en bâillant :
— Ah! Je me réveille à peine.

Je vous demande pardon. Je suis encore toute décoiffée.

Ainsi l'avait-elle bien vite tourmenté par sa vanité un peu ombrageuse. Un jour, par exemple, parlant de ses quatre épines, elle avait dit au petit prince.

Ils peuvent venir, les tigres, avec leurs griffes!

Il n'y a pas de tigres sur ma planète.

Et puis les tigres me mangent pas d'herbe.

Je me suis pas une herbe.

Pardonnez-moi.

Je me crains rien des tigres, mais j'ai horreur des courants d'air. Vous n'auriez pas un paravent?

Ça va comme ça?

.Hmmm....non. Je veux un vrai paravent.

Le soir, vous me mettrez sous globe. Il fait très froid chez vous.

37

3

Ainsi le petit prince, malgré la bonne volonté de son amour, avait vite douté d'elle.

Il avait pris au sérieux des mots sans importance et était devenu très malheureux.

J'aurais dû ne pas l'écouter. Il ne faut jamais écouter les fleurs. Il faut les regarder et les respirer.

La mienne embaumait ma planète, mais je ne savais pas m'en réjouir. Ses histoires de tigres et de courants d'air qui m'avaient tellement agacé auraient dû m'attendrir.

Je n'aurais jamais dû m'enfuir! J'aurais dû deviner la tendresse derrière ses pauvres ruses.

Mais j'étais trop jeune pour savoir l'aimer.

39

Je crois qu'il profita, pour son évasion, d'une migration d'oiseaux sauvages.

Au matin du départ, il mit sa planète bien en ordre. Il ramona soigneusement ses volcans en activité.

Il possédait aussi un volcan éteint. Mais comme il disait "on ne sait jamais".

Il ramona donc également le volcan éteint.

Sur terre vous êtes trop petits pour ramoner vos volcans. C'est pour ça...

... qu'ils vous causent tant d'ennuis.

46

Je t'enlève les pousses de baobabs

Je ne reviendrai jamais.

C'est la dernière fois que je te donne à boire.

Je te mets à l'abri.

Adieu.

Hé... adieu...

41

La fleur toussa, mais ça n'était pas à cause de son rhume.

J'ai été sotte, je te demande pardon.

Tâche d'être heureux. Laisse ce globe tranquille, je n'en veux plus.

Mais... et le vent?

Je ne suis pas si enrhumée que ça. L'air frais de la nuit me fera du bien. Je suis une fleur.

Mais... et les bêtes? Il faut bien que je supporte deux ou trois chenilles si je veux connaître les papillons. Sinon, qui me rendra visite?

Tu seras loin, toi.

48

Ne traîne pas comme ça. Va-t'en.

Elle ne voulait pas qu'il la vit pleurer.

C'était une fleur tellement orgueilleuse.

Je t'aime.

Peut-être que c'est ma faute si tu ne l'as pas compris. Tu es aussi bête que moi.

Ça n'a aucune importance.

43

Il se trouvait dans la région des astéroïdes 325, 326, 327, 328, 329 et 330.

Il commença donc par les visiter pour y chercher une occupation et pour s'instruire.

Le premier était habité par un roi.

Le roi siégeait, habillé de pourpre et d'hermine, sur un trône très simple et cependant majestueux.

Ah!

Voilà un sujet.

Comment savez-vous que je suis votre sujet, on ne s'est jamais vus.

Tous les Hommes sont mes sujets.

Ah...

4

Quand personne ne vient me voir, je suis roi tout seul. Ainsi personne ne vous contredit.

Certes.

Mais il est plus plaisant d'être roi pour quelqu'un; approche-toi que je te voie mieux.

Je peux m'asseoir?

Pas sur les pans de mon manteau.

Je suis tellement épuisé. Et puis il y en a partout, du manteau.

Reste debout.

Et ne bâille pas je te prie. Il est contraire à l'étiquette de bâiller en présence d'un roi. Ne bâille pas je te dis.

Mais je ne peux pas m'empêcher.

Si tel est le cas, je t'ordonne de bâiller. L'essentiel, c'est qu'on ne contrevienne pas à mes ordres. Allons! Bâille encore!

Ça m'intimide. Maintenant je ne peux plus.

45.

Dans ce cas tu pourrais bâiller de temps en temps et parfois t'en abstenir.

Oui monsieur.

Je peux m'asseoir à présent ?

Assieds-toi, c'est un ordre.

Sire... je vous demande pardon de vous interroger

Je t'ordonne de m'interroger.

Sire... sur quoi régnez-vous ?

Sur tout.

Sur tout ça ?

Sur tout ça.

4

Et les étoiles vous obéissent ?

Bien sûr. Je ne tolère pas l'indiscipline.

OOOO OOOOOOh...

éééééoui...

S'il vous plaît, je voudrais voir un coucher de soleil... faites-moi plaisir. Ordonnez au soleil de se coucher.

nmmm non. Je suis un monarque absolu mais je règne avec raison.

???

Si j'ordonnais à un général de se changer en oiseau de mer et si le général n'exécutait pas l'ordre reçu, qui serait dans son tort ? lui ou moi ?

Ce serait vous.

Exact.

il faut exiger de chacun ce que chacun peut donner.

47

Oui mais et mon coucher de soleil?

Tu l'auras! Je l'exigerai! Mais j'attendrai que les conditions soient favorables.

Quand ça sera?

En fin de journée.

Je n'ai plus rien à faire ici. Je vais repartir.

Ne pars pas, attends le soir.

Tu verras comme le soleil m'obéit.

Hé! Reste! Je te fais ministre.
Ministre de quoi?
De la justice.
Mais il n'y a personne à juger.

On ne sait pas. Je n'ai pas encore fait le tour de mon royaume. Je suis très vieux, je n'ai pas de place pour un carrosse et ça me fatigue de marcher.

Oh mais j'ai déjà vu. Il n'y a personne là-bas non plus.
Tu te jugeras donc toi-même.

Il est bien plus difficile de se juger soi-même que de juger les autres. Si tu réussis à bien te juger, c'est que tu es un véritable sage.

Moi je peux me juger moi-même n'importe où.

Je n'ai pas besoin d'habiter ici.

49

Hé! Je crois bien qu'il y a un vieux rat qui traîne quelque part sur ma planète. Je l'entends la nuit.

Scritch! Scritch! tu pourras le juger si tu veux. Tu le condamneras à mort de temps en temps. Et puis tu le gracieras pour l'économiser.

Parce qu'il n'y en a qu'un.

Ainsi, sa vie dépendra de ta justice.

Je n'aime pas condamner à mort.

et je crois bien que je m'en vais.

NON!

Si votre majesté désirait être obéie ponctuellement, elle pourrait me donner un ordre raisonnable. Elle pourrait m'ordonner, par exemple, de partir avant une minute.

Il me semble que les conditions sont favorables.

Je te fais mon ambassadeur !

Les grandes personnes sont bien étranges.

51

La seconde planète était habitée par un vaniteux: "Ah! Ah! voilà la visite d'un admirateur" s'écria de loin le vaniteux dès qu'il aperçut le petit prince.

AH! AH!

Car pour les vaniteux, les autres hommes sont des admirateurs.

Voilà la visite d'un admirateur.

Bonjour.

Vous avez un drôle de chapeau.

C'est pour saluer quand on m'acclame.

Malheureusement, il ne passe jamais personne par ici.

Ah?

Frappe tes mains l'une contre l'autre

CLAP!
CLAP!
CLAP!

Voilà!

Trois et deux font cinq. Cinq et sept douze.

La quatrième planète était celle d'un businessman.

Douze et trois quinze.

Bonjour.

BZZZZZ.

ANCRE

Cet homme était si occupé qu'il ne leva même pas la tête à l'arrivée du petit prince.

quinze et sept vingt-deux. vingt-deux et six vingt-huit.

Votre cigarette est éteinte.

Pas le temps de la rallumer.

Vingt-six et cinq trente et un . ouf! ça fait donc cinq cent un millions six cent vingt-deux mille sept cent trente et un.

Cinq cents millions de quoi?

Hein? Tu es toujours là? Cinq cents millions de ··· je ne sais plus.

J'ai tellement de travail! Je suis sérieux, moi. Je me m'amuse pas à des balivernes! Deux et cinq sept ···

Cinq cents millions de quoi?

Depuis cinquante-quatre ans que j'habite cette planète-ci, je n'ai été dérangé que trois fois. La première fois, c'était il y a 22 ans par un hanneton qui faisait un bruit épouvantable, et j'ai fait quatre erreurs dans une addition.

La seconde fois, ça a été il y a onze ans par une crise de rhumatismes. Je manque d'exercice. La troisième fois ··· c'est toi!

ANCRE

Je disais donc cinq cent un millions ···

Millions de quoi?

Millions de ces petites choses qu'on voit quelque fois dans le ciel.

Des mouches?

Mais non. Des petites choses dorées qui font rêvasser les fainéants. Mais je suis sérieux, moi, je n'ai pas le temps de rêvasser.

Ah, des étoiles.

C'est bien ça. Les étoiles.

Cinq cent un millions six cent vingt-deux mille sept cent trente et un. Je suis sérieux moi, je suis précis.

Et que fais-tu de cinq cents millions d'étoiles?

Rien. Je les possède.

Ça te sert à quoi?

À être riche.

J'ai déjà vu un roi qui···

Rien à voir! Les rois "règnent" sur. Ils me possèdent pas. C'est très différent.

Et à quoi ça te sert d'être riche ?

À acheter d'autres étoiles si quelqu'un en trouve.

Celui-là, il raisonne un peu comme l'ivrogne, se dit le petit prince.

Comment peut-on posséder les étoiles ?

À qui sont-elles ?

À personne.

Alors elles sont à moi, car j'y ai pensé le premier.

Ça suffit ?

Bien sûr.

Rzzzz

Quand tu trouves un diamant qui n'est à personne, il est à toi. Quand tu trouves une île qui n'est à personne, elle est à toi. Quand tu as une idée le premier, tu la fais breveter : elle est à toi.

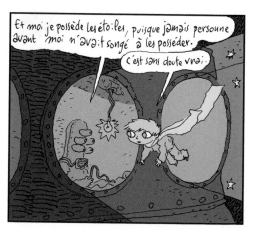

Et moi je possède les étoiles, puisque jamais personne avant moi n'avait songé à les posséder.

C'est sans doute vrai.

Mais tu en fais quoi ?

Je les gère. Je les compte et je les recompte. C'est un travail sérieux.

66

Moi si je possède un foulard, je puis le mettre autour de mon cou et l'emporter. Si je possède une fleur, je puis cueillir ma fleur et l'emporter. Mais tu ne peux pas cueillir les étoiles.

Non. Mais je puis les placer en banque.

Qu'est-ce que ça veut dire ?

J'écris sur un petit papier le nombre de mes étoiles. Et puis j'enferme à clé ce papier dans un tiroir.

Et c'est tout.

Oui.

C'est amusant.

C'est assez poétique mais ça n'est pas très sérieux.

Moi, je possède une fleur que j'arrose tous les jours et trois volcans que je ramone toutes les semaines. C'est utile à mes volcans et c'est utile à ma fleur que je les possède.

Mais toi, tu n'es pas utile aux étoiles.

61

La cinquième planète était la plus petite de toutes. Il y avait là juste assez de place pour loger un réverbère.

Le Petit Prince ne parvenait pas à s'expliquer à quoi pouvait servir, sur une planète sans maison ni population, un réverbère et un allumeur de réverbères.

Peut-être bien que cet homme est absurde.

Cependant il est moins absurde que le Roi, que le vaniteux, que le businessman et le buveur. Au moins son travail a-t-il un sens.

Quand il allume son réverbère, c'est comme s'il faisait naître une étoile de plus, ou une fleur. Quand il éteint son réverbère, ça endort la fleur ou l'étoile. C'est une occupation très jolie.

C'est véritablement utile puisque c'est joli.

Bonjour. Pourquoi viens-tu d'éteindre ton réverbère ?

C'est la consigne. Bonjour.

Qu'est-ce que la consigne ?

C'est d'éteindre, bonsoir.

Mais pourquoi viens-tu de le rallumer ?

C'est la consigne.

Je ne comprends pas.

Il n'y a rien à comprendre. La consigne c'est la consigne. Bonjour.

Pfiou !

Je fais là un métier terrible

63

C'était raisonnable autrefois. J'éteignais le matin et j'allumais le soir. J'avais le reste du jour pour me reposer et le reste de la nuit pour dormir...

Et depuis cette époque la consigne a changé?

La consigne n'a pas changé. C'est bien là le drame.

La planète, d'année en année, a tourné de plus en plus vite et la consigne n'a pas changé.

Alors?

Alors maintenant qu'elle fait un tour par minute je n'ai plus une seconde de repos. J'allume et j'éteins une fois par minute!

Ça c'est drôle! Chez toi les jours durent une minute!

Ça n'est pas drôle du tout.

Ça fait déjà un mois que nous parlons ensemble.

un mois ?

Oui. Trente minutes. Trente jours !

Bonsoir.

Le petit prince le regarda et il aima cet allumeur qui était tellement fidèle à la consigne.

Il se souvint des couchers de soleil que lui-même allait autrefois chercher. En tirant sur sa chaise. Il voulut aider son ami :

Ta planète est tellement petite que tu en fais le tour en trois enjambées. Tu n'as qu'à marcher assez lentement pour rester tout le jour au soleil.

Et le jour durera aussi longtemps que tu marcheras.

Ça ne m'avance pas à grand-chose. Ce que j'aime dans la vie, c'est dormir.

Ce n'est pas de chance.

Ce n'est pas de chance. Bonjour.

Et il éteignit son réverbère.

Celui-là serait méprisé par tous les autres. Par le roi, par le vaniteux, par le buveur, par le businessman.

Pourtant, c'est le seul que je ne trouve pas ridicule.

Peut-être parce qu'il s'occupe d'autre chose que de soi-même. C'est un ami. Mais sa planète est vraiment trop petite.

Pas de place pour deux.

La sixième planète était une planète dix fois plus vaste. Elle était habitée par un vieux monsieur qui écrivait d'énormes livres.

Tiens! voilà un explorateur!

D'où viens-tu?

Quel est ce gros livre? Que faites-vous ici?

Je suis géographe.

C'est quoi?

J'étudie où se trouvent les mers, les fleuves, les villes, les montagnes et les déserts.

Ça, c'est bien intéressant!

Enfin un vrai métier.

67

Elle est bien belle, votre planète. Est-ce qu'il y a des océans ?

Je ne puis pas le savoir.

Ah! Et des montagnes ?

Je ne puis pas le savoir.

Et des villes et des fleuves et des déserts ?

Je ne puis pas le savoir non plus.

Mais vous êtes géographe !

Oui mais je ne suis pas explorateur. Je manque d'explorateurs.

Ma mission est trop importante pour que je quitte mon bureau. Mon métier consiste à interroger les explorateurs. Je prends en note leurs souvenirs.

Et si les souvenirs de l'un d'entre eux me paraissent intéressants, je fais une enquête sur sa moralité.

Pourquoi ?

Parce qu'un explorateur qui mentirait entraînerait des catastrophes dans les livres de géographie. Et aussi un explorateur qui boirait trop.

Pourquoi ?

Parce que les ivrognes voient double. Alors le géographe noterait deux montagnes là où il n'y en a qu'une seule.

Je connais quelqu'un qui serait mauvais explorateur.

C'est possible. En tout cas, quand la moralité de l'explorateur paraît bonne, on enquête sur sa découverte.

On va voir?

Non, c'est trop compliqué.

On demande à l'explorateur de rapporter des preuves. Par exemple, s'il dit avoir découvert une grosse montagne, on exige qu'il rapporte de grosses pierres...
... Hé!...

... mais toi, tu viens de loin! Tu es explorateur! Tu vas me décrire ta planète!

J'écris d'abord au crayon, tu comprends...

Je mettrai à l'encre quand tu m'auras fourni des preuves.

69

Oh, chez moi ça m'est pas très intéressant, c'est tout petit. J'ai trois volcans et une fleur.

Nous ne notons pas les fleurs.

Pourquoi? C'est ça le plus joli!

Parce que les fleurs sont éphémères.

Que signifie éphémère?

Les géographes ne décrivent que des choses éternelles.

Il est très rare qu'une montagne change de place. Il est très rare qu'un océan se vide de son eau.

Mais les volcans peuvent se réveiller. Que signifie "éphémère?"

Qu'ils soient éteints ou réveillés, ça revient au même pour nous autres. C'est la montagne qui compte pour nous. Elle ne change pas.

Mais qu'est-ce que signifie éphémère?

Ça signifie "qui est menacé de disparition prochaine".

Ma fleur est menacée de disparition prochaine ?

Bien sûr.

Ma fleur est éphémère, se dit le petit prince. Et elle n'a que quatre épines pour se défendre contre le monde ! Et je l'ai laissée toute seule chez moi !

Ce fut là son premier mouvement de regret. Mais il reprit courage.

Que me conseillez-vous d'aller visiter ?

La planète Terre. Elle a une bonne réputation.

Et le petit prince s'en fut, songeant à sa fleur.

La septième planète fut donc la Terre.

La Terre n'est pas une planète quelconque! On y compte cent onze rois, sept mille géographes, neuf cent mille businessmen, sept millions et demi d'ivrognes, trois cent onze million de vaniteux.

C'est-à-dire environ deux milliards de grandes personnes.

Pour vous donner une idée des dimensions de la Terre, je vous dirai qu'avant l'invention de l'électricité on devait y entretenir, sur l'ensemble des six continents, une véritable armée de quatre cent soixante-deux mille cinq cent onze allumeurs de réverbères.

Vu d'un peu loin ça faisait un effet splendide.

Le petit prince, une fois sur Terre, fut donc bien surpris de ne voir personne.

Il avait déjà peur de s'être trompé de planète quand un anneau couleur de lune remua dans le sable.

"Bonne nuit", fit le petit prince à tout hasard.
"Bonne nuit", fit le serpent.

Sur quelle planète suis-je tombé?

Sur la Terre, en Afrique.

Ah!... il n'y a donc personne sur la Terre?

ici c'est le désert.

il n'y a personne dans les déserts. la Terre est grande.

Regarde ma planète, elle est juste au-dessus de nous. Mais comme elle est loin!

Elle est belle. Que viens-tu faire ici?

J'ai des difficultés avec une fleur.

Ah.

Où sont les hommes ? on est un peu seul dans le désert.

Om est seul aussi chez les hommes.

Tu es une drôle de bête, mince comme un doigt...

Mais je suis plus puissant que le doigt d'un roi.

Tu n'es pas bien puissant, tu n'as même pas de pattes. Tu ne peux même pas voyager.

Je puis t'emporter plus loin qu'un navire.

Il s'enroula autour de la cheville du petit prince comme un bracelet d'or.

Celui que je touche, je le rends à la terre dont il est sorti.

Mais tu es pur et tu viens d'une étoile. Tu me fais pitié, toi si faible, sur cette Terre de granit.

Je puis t'aider si un jour tu regrettes trop ta planète. Je puis...

Oh, j'ai très bien compris. Mais pourquoi parles-tu toujours par énigmes?

Je les résous toutes.

Le petit prince traversa le désert et ne rencontra qu'une fleur.

Bonjour.

Bonjour.

Une fleur à trois pétales, une fleur de rien du tout...

Où sont les hommes?

Les hommes? Il en existe, je crois, six ou sept.

Je les ai aperçus il y a des années. Mais on ne sait jamais où les trouver. Le vent les promène. Ils manquent de racines, ça les gêne beaucoup.

Adieu.

Adieu

75

Le petit prince fit l'ascension d'une haute montagne.

D'une montagne haute comme celle-ci, j'apercevrai d'un coup toute la planète et tous les hommes...

Mais il n'aperçut rien que des aiguilles de roc bien aiguisées.

Bonjour

Bonjour

Bonjour

Bonjour

Qui êtes-vous?

"Qui êtes-vous... qui êtes-vous... qui êtes-vous..." répondit l'écho.

Soyez mes amis je suis seul

Les hommes manquent d'imagination. Ils répètent tout ce qu'on leur dit. Chez moi, j'avais une fleur, elle parlait toujours la première.

Je suis seul...

Je... suis seul...

...Je suis seul...

82

Mais il arriva que le petit prince, ayant longtemps marché à travers les sables, les rocs et les neiges, découvrit enfin une route. Et les routes vont toutes chez les hommes.

Bonjour.

C'était un jardin fleuri de roses.

Bonjour.

Bonjour.

Bonjour.

Le petit prince les regarda. Elles ressemblaient toutes à sa fleur.

Qui êtes-vous?

Nous sommes des roses.

Et il se sentit très malheureux.

Elle serait bien vexée si elle voyait ça.

Sa fleur lui avait raconté qu'elle était la seule de son espèce dans l'univers.

Elle tousserait énormément et ferait semblant de mourir pour échapper au ridicule. Et je serais bien obligé de faire semblant de la soigner.

Car sinon, pour m'humilier moi aussi, elle se laisserait vraiment mourir.

77

Je me croyais riche d'une fleur unique et je ne possède qu'une rose ordinaire.

Ça et mes trois volcans qui m'arrivent au genou et dont l'un, peut-être, est éteint pour toujours.

Ça ne fait pas de moi un bien grand prince.

Et couché dans l'herbe, il pleura.

C'est alors qu'apparut le renard.

Bonjour.

Bonjour?

Je suis là. Sous le pommier.

Qui es-tu? Tu es bien joli.

Je suis un renard.

Viens jouer avec moi. Je suis tellement triste.

Je ne puis pas jouer avec toi. Je ne suis pas apprivoisé.

Ah! pardon.

Qu'est-ce que signifie "apprivoiser"?

Tu n'es pas d'ici. Que cherches-tu?

Je cherche les hommes. Qu'est-ce que signifie "apprivoiser"?

Les hommes! Ils ont des fusils et ils chassent! C'est bien gênant. Ils élèvent aussi des poules, c'est leur seul intérêt. Tu cherches des poules?

Non. Je cherche des amis.

Qu'est-ce que signifie "apprivoiser"?

C'est une chose trop oubliée. Ça signifie créer des liens.

Créer des liens?

Bien sûr. Tu n'es encore pour moi qu'un petit garçon semblable à cent mille autres. Et je n'ai pas besoin de toi. Et tu n'as pas besoin de moi non plus. Je ne suis pour toi qu'un renard semblable à cent mille renards.

Mais, si tu m'apprivoises, nous aurons besoin l'un de l'autre. Tu seras pour moi unique au monde. Je serai pour toi unique au monde.

Je commence à comprendre.

Il y a une fleur... je crois qu'elle m'a apprivoisé.

C'est possible. On voit sur Terre toutes sortes de choses.

Oh! Ce n'est pas sur Terre.

Sur une autre planète?

Il y a des chasseurs sur cette planète-là?

Non.

Ça, c'est intéressant! Et des poules?

Non.

Rien n'est parfait.

Mais le renard revint à son idée.

Ma vie est monotone. Je chasse les poules, les hommes me chassent. Toutes les poules se ressemblent et tous les hommes se ressemblent. Je m'ennuie donc un peu.

Mais, si tu m'apprivoises, ma vie sera comme ensoleillée. Je connaîtrai un bruit de pas qui sera différent de tous les autres. Les autres pas me font rentrer sous terre. Le tien m'appellera hors du terrier, comme une musique.

Et puis regarde! Tu vois, là-bas, les champs de blé. Le blé pour moi est inutile, il ne me rappelle rien. Et ça c'est triste! Mais tu as des cheveux couleur d'or. Alors ça sera merveilleux quand tu m'auras apprivoisé! Le blé qui est doré me fera souvenir de toi.

Et j'aimerai le bruit du vent dans le blé.

S'il te plaît. Apprivoise-moi!

Je veux bien, mais je n'ai pas beaucoup de temps. J'ai des amis à découvrir et beaucoup de choses à connaître.

On ne connaît que les choses que l'on apprivoise.

81

Si tu veux un ami, apprivoise-moi.

Que faut-il faire ?

Il faut être très patient.

Tu t'assoiras d'abord un peu loin de moi, comme ça, dans l'herbe. Je te regarderai du coin de l'œil et tu me diras rien. le langage est source de malentendus.

Mais chaque jour, tu pourras t'asseoir un peu plus près.

Le lendemain revint le petit prince.

Il eût mieux valu revenir à la même heure. Si tu viens, par exemple, à quatre heures de l'après-midi, dès trois heures, je commencerai d'être heureux.

Mais si tu viens n'importe quand, je ne saurai jamais à quelle heure m'habiller le cœur. Il faut des rites.

88

Ainsi le petit prince apprivoisa le renard. Et quand l'heure du départ fut proche:

Ah! Je pleurerai.

C'est ta faute.

Je ne te souhaitais point de mal, mais tu as voulu que je t'apprivoise.

Bien sûr.

Mais tu vas pleurer!

Bien sûr!

Alors tu n'y gagnes rien!

J'y gagne. À cause de la couleur du blé.

Va revoir les roses. Tu comprendras que la tienne est unique au monde.

Tu reviendras me dire adieu, et je te ferai cadeau d'un secret.

Le petit prince s'en fut revoir les roses.

Vous n'êtes pas du tout semblables à ma rose, vous n'êtes rien encore.

Personne ne vous a apprivoisées et vous n'avez apprivoisé personne.

On ne peut pas mourir pour vous.

Bien sûr, ma rose à moi, un passant ordinaire pourrait croire qu'elle vous ressemble.

Mais elle est plus importante que vous toutes.

Puisque c'est elle que j'ai arrosée. Puisque c'est ma rose.

Puis il revint vers le renard.

Adieu.

Adieu. Voici mon secret. Il est très simple.

On ne voit bien qu'avec le cœur. L'essentiel est invisible pour les yeux.

L'essentiel est invisible pour les yeux.

C'est le temps que tu as perdu pour ta rose qui fait ta rose si importante.

C'est le temps que j'ai perdu pour ma rose.

Tu deviens responsable pour toujours de ce que tu as apprivoisé. Tu es responsable de ta rose...

"Je suis responsable de ma rose" répéta le petit prince afin de se souvenir.

Un jour, j'ai vu un marchand qui avait des pilules perfectionnées qui apaisent la soif. On en avale une par semaine et on n'a plus soif.

Il disait que ça faisait gagner du temps. Figure-toi qu'on passe cinquante-trois minutes par semaine à boire.

Je lui ai répondu que si j'avais cinquante-trois minutes à dépenser, je marcherais tout doucement vers une fontaine.

Ils sont jolis, tes souvenirs, mais je n'ai pas encore réparé mon avion.

Je n'ai plus rien à boire, et je serais heureux, moi aussi, si je pouvais marcher tout doucement vers une fontaine.

Mon ami le renard...

Mon petit bonhomme, il ne s'agit plus du renard !

Pourquoi ?

Parce qu'on va mourir de soif...

C'est bien d'avoir eu un ami, même si l'on va mourir. Moi, je suis bien content d'avoir eu un ami renard.

"Il ne mesure pas le danger, me dis-je. Il n'a jamais ni faim ni soif. Un peu de soleil lui suffit."

Mais il me regarda et répondit à ma pensée. J'ai soif aussi... cherchons un puits...

J'eus un geste de lassitude : il est absurde de chercher un puits, au hasard, dans l'immensité du désert. Cependant nous nous mîmes en marche.

Tu as donc soif toi aussi ?

L'eau peut aussi être bonne pour le cœur.

Je ne compris pas sa réponse mais je me tus. Je savais bien qu'il ne fallait pas l'interroger.

87

Il était fatigué. Il s'assit. Je m'assis auprès de lui. Et après un silence, il dit encore :

Les étoiles sont belles à cause d'une fleur que l'on ne voit pas.

Je répondis "bien sûr" et je regardai, sans parler, les plis du sable sous la lune.

Ce qui embellit le désert, c'est qu'il cache un puits quelque part.

Oui. Quand j'étais petit garçon, j'habitais une maison ancienne, et la légende racontait qu'un trésor y était enfoui. Personne n'a jamais su le découvrir, mais il enchantait toute la maison.

Ma maison cachait un secret au fond de son cœur. Oui, qu'il s'agisse de la maison, des étoiles ou du désert, ce qui fait leur beauté est invisible.

Je suis content

Parce que tu es d'accord avec mon renard.

Comme le petit prince s'endormait, je le pris dans mes bras et me remis en route.

J'étais ému.

Il me semblait porter un trésor fragile.

Il me semblait même qu'il n'y eût rien de plus fragile sur la Terre.

Je regardais, à la lumière de la lune, ce front pâle, ces yeux clos, ces mèches de cheveux qui tremblaient au vent.

Et je me disais: "Ce que je vois là n'est qu'une écorce.

Le plus important est invisible..."

Comme ses lèvres entrouvertes ébauchaient un demi-sourire je me dis encore : "Ce qui m'émeut si fort, de ce petit prince endormi, c'est sa fidélité pour une fleur...

... c'est l'image d'une rose qui rayonne en lui comme une lampe, même quand il dort."

Et je le devinai plus fragile encore.

Et marchant ainsi, je découvris le puits au lever du jour.

Ce puits ne ressemblait pas à un puits saharien. Les puits sahariens sont de simples trous creusés dans le sable.

Celui-là ressemblait à un puits de village. Mais il n'y avait là aucun village, et je croyais rêver.

Il prit, toucha la corde, fit jouer la poulie.

Laisse-moi faire, c'est trop lourd pour toi.

Lentement, je hissai le seau jusqu'à la margelle. Je l'y installai bien d'aplomb.

Dans mes oreilles durait le chant de la poulie et, dans l'eau qui tremblait encore, je voyais trembler le soleil.

J'ai soif de cette eau-là. Donne-moi à boire.

Et je compris ce qu'il avait cherché! Je soulevai le seau jusqu'à ses lèvres. Il but, les yeux fermés.

91

C'était doux comme une fête. Cette eau était bien autre chose qu'un aliment.

Elle était née de la marche sous les étoiles, du chant de la poulie, de l'effort de mes bras.

Elle était bonne pour le coeur, comme un cadeau.

J'avais bu. Je respirais bien. Le sable, au lever du jour, est couleur de miel.

j'étais heureux aussi de cette couleur de miel

Pourquoi fallait-il que j'eusse de la peine ...

9

Il faut que tu tiennes ta promesse, tu sais. Une muselière pour mon mouton. Je suis responsable de cette fleur.

Tu as tes dessins?

Oui.

Fais voir.

Hi! Hi!

Tes baobabs, ils ressemblent un peu à des choux.

Oh! Moi qui étais si fier d'eux!

Ton renard... ses oreilles, elles ressemblent un peu à des cornes... et elles sont trop longues.

Tu sais bien qu'avant de te rencontrer je me dessinais que des éléphants dans des boas.

Oh! ça ira. Les enfants savent.

Je crayonnai donc une muselière et j'eus le cœur serré en la lui donnant.

Tu sais, ma chute sur la Terre, c'en sera demain l'anniversaire.

93

J'étais tombé tout près d'ici.

Et de nouveau, sans comprendre pourquoi, j'éprouvai un chagrin bizarre.

Alors ce n'est pas un hasard si je t'ai vu?

Quand tu te promenais, il y a huit jours, tout seul, à mille milles de toute région habitée!

Tu retournais vers le point de ta chute.

Le petit prince ne répondit rien. Il rougit.

À cause, peut-être, de l'anniversaire?

Quand on rougit, ça signifie "oui," n'est-ce pas?

J'ai peur.

Tu dois maintenant travailler. Tu dois repartir vers ta machine.

Je t'attends ici.

Reviens demain soir.

Mais je n'étais pas rassuré. Je me souvenais du renard.

On risque de pleurer un peu si on s'est laissé apprivoiser.

Alors j'abaissai moi-même les yeux vers le pied du mur, et je fis un bond! Il était là, dressé vers le petit prince, un de ces serpents jaunes qui vous exécutent en trente secondes.

Tout en fouillant ma poche pour en tirer mon revolver, je pris le pas de course.

Mais au bruit que je fis, le serpent se laissa doucement couler dans le sable, comme un jet d'eau qui meurt.

Je parvins au mur juste à temps pour y recevoir dans les bras mon petit bonhomme de prince,

pâle comme la neige.

Pourquoi tu parles avec les serpents?

95

J'avais défait son éternel cache-nez d'or. Je lui avais mouillé les tempes et l'avais fait boire.

Et maintenant je n'osais plus rien lui demander. Il me regarda gravement et m'entoura le cou de ses bras.

Je sentais battre son cœur comme celui d'un oiseau qui meurt, quand on l'a tiré à la carabine.

Je suis content que tu aies trouvé ce qui manquait à ta machine.

Tu vas pouvoir rentrer chez toi.

Comment sais-tu ?

Je venais justement lui annoncer que, contre toute espérance, j'avais réussi mon travail.

Moi aussi, aujourd'hui, je rentre chez moi.

C'est bien plus loin. C'est bien plus difficile.

98

Je le serrais dans mes bras comme un petit enfant, et cependant il me semblait qu'il coulait verticalement dans un abîme sans que je puisse rien pour le retenir.

Il avait le regard sérieux, perdu très loin.

J'ai ton mouton. Et j'ai la caisse pour le mouton. Et j'ai la muselière.

J'attendis longtemps. Je sentais qu'il se réchauffait peu à peu.

Petit bonhomme, tu as eu peur...

J'aurai bien plus peur ce soir.

De nouveau je me sentis glacé par le sentiment de l'irréparable. Et je compris que je ne supportais pas l'idée de ne plus jamais entendre ce rire.

Cette nuit ça fera un an.

Mon étoile se trouvera juste au-dessus de l'endroit où je suis tombé l'année dernière.

Petit bonhomme, n'est-ce pas que c'est un mauvais rêve cette histoire de serpent et de rendez-vous et d'étoile...

99

Tu regarderas, la nuit, les étoiles. C'est trop petit chez moi pour que je te montre où se trouve la mienne. C'est mieux comme ça.

Mon étoile, ça sera pour toi une des étoiles. Alors toutes les étoiles, tu aimeras les regarder. Elles seront toutes tes amies.

J'aime entendre quand tu ris.

Ce rire, ça sera mon cadeau. Les autres gens ont des étoiles qui ne rient pas.

Quand tu regarderas le ciel, la nuit, puisque j'habiterai dans l'une d'elles, puisque je rirai dans l'une d'elles, alors ce sera pour toi comme si riaient toutes les étoiles.

Tu auras, toi, des étoiles qui savent rire.

Et quand tu seras consolé (on se console toujours) tu seras content de m'avoir connu. Tu seras toujours mon ami.

Et tes amis seront bien étonnés de te voir rire en regardant le ciel. Je t'aurai joué un bien vilain tour.

Cette nuit... tu sais... ne viens pas.
Je ne te quitterai pas.

J'aurai l'air d'avoir mal... j'aurai un peu l'air de mourir. C'est comme ça. Ne viens pas voir ça, ce n'est pas la peine.
Je ne te quitterai pas.

C'est à cause du serpent aussi... il ne faut pas qu'il te morde. Les serpents c'est méchant. Ça peut mordre pour le plaisir.

Je ne te quitterai pas.

C'est vrai qu'ils n'ont plus de venin pour la seconde morsure.

Cette nuit-là, je ne le vis pas se mettre en route. Il s'était évadé sans bruit.

quand je réussis à le rejoindre il me dit seulement :

Ah! tu es là...

Et il me prit par la main.

Tu as eu tort. Tu auras de la peine. J'aurai l'air d'être mort et ça ne sera pas vrai.

Tu comprends, c'est trop loin. Je ne peux pas emporter ce corps-là. C'est trop lourd.

Mais ce sera comme une vieille écorce abandonnée. Ce n'est pas triste.

Moi aussi je regarderai les étoiles. Toutes les étoiles seront des puits avec une poulie rouillée.

Toutes les étoiles me verseront à boire.

102

Moi je me taisais.

Et il se tut aussi parce qu'il pleurait.

C'est là. Laisse-moi faire un pas tout seul.

Et il s'assit parce qu'il avait peur.

Tu sais, ma fleur... j'en suis responsable. Et elle est tellement faible, elle est tellement naïve. Elle a quatre épines de rien du tout pour la protéger du monde.

Moi je m'assis parce que je ne pouvais plus me tenir debout.

Voilà... c'est tout.

Il hésita encore un peu puis il se releva.
Il fit un pas.

Moi je ne pouvais pas bouger.

Il n'y eut rien qu'un éclair jaune
près de sa cheville.

Il tomba doucement comme tombe
un arbre.

Ça ne fit même pas de bruit.

à cause du sable.

Et maintenant, bien sûr, ça fait six ans déjà.

Je n'ai jamais encore raconté cette histoire. Les camarades qui m'ont revu ont été bien contents de me revoir vivant.

J'étais triste mais je leur disais : "c'est la fatigue !"

Je sais bien qu'il est revenu à sa planète, puisqu'au lever du jour je n'ai pas retrouvé son corps.

Sa muselière !

J'ai oublié d'y ajouter la courroie en cuir.

Il n'aura jamais pu l'attacher à son mouton.

Que s'est-il passé sur sa planète ?

Peut-être bien que le mouton a mangé la fleur...

Tantôt je me dis : Sûrement non.

Le petit prince enferme sa fleur toutes les nuits sous son globe de verre, et il surveille bien son mouton.

Alors je suis heureux. Et toutes les étoiles rient doucement.

Tantôt je me dis : on est distrait une fois ou l'autre et ça suffit! Il a oublié, un soir, le globe de verre, ou bien le mouton est sorti sans bruit pendant la nuit.

Alors les grelots se changent tous en larmes.

Rien de l'univers n'est semblable si quelque part, on ne sait où, un mouton que nous ne connaissons pas a, oui ou non, mangé une rose.

106

Regardez le ciel

Demandez-vous: Le mouton oui ou non a-t-il mangé la fleur?

Et vous verrez

comme tout change

Et aucune grande personne ne comprendra jamais

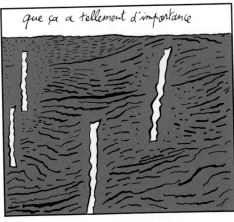

que ça a tellement d'importance

Ça, c'est pour moi le plus beau et le plus triste paysage du monde.

C'est le même paysage que celui de la page précédente, mais je l'ai dessiné une fois encore pour bien vous le montrer. C'est ici que le petit prince a apparu sur Terre, puis disparu.

Regardez attentivement ce paysage afin d'être sûrs de le reconnaître, si vous voyagez un jour en Afrique, dans le désert. Et s'il vous arrive de passer par là, je vous en supplie, ne vous pressez pas. Attendez un peu juste sous l'étoile!

Si alors un enfant vient à vous, s'il rit, s'il a des cheveux d'or, s'il ne répond pas quand on l'interroge, vous devinerez bien qui il est.

Alors soyez gentils! Ne me laissez pas tellement triste.

Écrivez-moi vite qu'il est revenu...

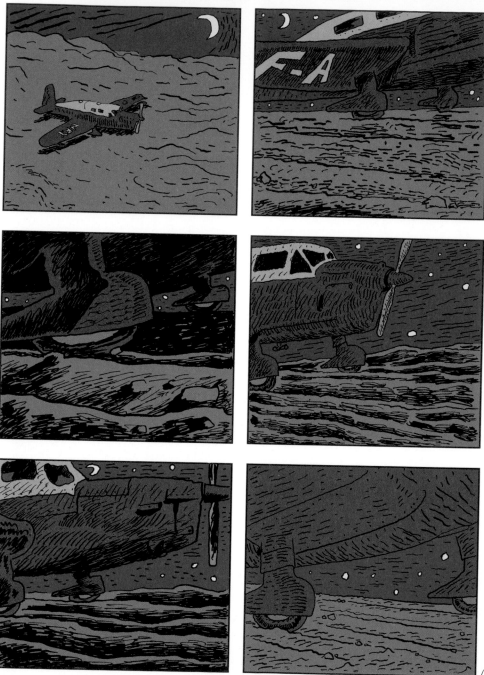

DE JOANN SFAR

Chez Gallimard

L'ANCIEN TEMPS

BRASSENS
chansons illustrées

CHAGALL EN RUSSIE
deux volumes

KLEZMER
trois volumes

ORANG-OUTAN
avec S. Jardel

MONSIEUR CROCODILE
A BEAUCOUP FAIM

LE PETIT PRINCE
d'après l'œuvre d'A. de Saint-
Exupéry, prix l'Essentiel Jeunesse
d'Angoulême (Folio n° 5329)

À L'Association

NOYÉ LE POISSON

LE BORGNE GAUCHET AU CENTRE
DE LA TERRE

LE BORGNE GAUCHET

LE PETIT MONDE DU GOLEM

PASCIN
six volumes

PASCIN, LA JAVA BLEUE

PARIS-LONDRES

HARMONICA

UKULÉLÉ

PARAPLUIE

PIANO

CARAVAN

Aux Éditions Bayard

L'ÎLE AUX PIRATES
avec A. Alméras

Aux Éditions Bréal

LA PETITE BIBLIOTHÈQUE
PHILOSOPHIQUE DE JOANN SFAR
deux volumes

L'ATROCE ABÉCÉDAIRE

LA SORCIÈRE ET LA PETITE FILLE

Aux Éditions Cornélius

LES AVENTURES D'OSSOUR
HYRSIDOUX
deux volumes

Aux Éditions Dargaud

MERLIN
quatre volumes
avec J.-L. Munuera

LA VILLE DES MAUVAIS RÊVES
avec David B.

LE MINUSCULE MOUSQUETAIRE
trois volumes

SOCRATE, LE DEMI-CHIEN
trois volumes
avec C. Blain

LE CHAT DU RABBIN
cinq volumes
prix du Jury œcuménique de la bande
dessinée, prix Spröing de la meilleure
bande dessinée étrangère

LA VALLÉE DES MERVEILLES

SARDINE DE L'ESPACE
sept volumes
avec E. Guibert

GAINSBOURG (IMAGES)

GAINSBOURG (HORS CHAMP)

LES LUMIÈRES DE LA FRANCE

Aux Éditions Delcourt

PROFESSEUR BELL
cinq volumes
avec Tanquerelle

PETIT VAMPIRE
sept volumes, Meilleur album
jeunesse 7/8 ans à Angoulême

PETRUS BARBYGÈRE
avec P. Dubois

TROLL
cinq volumes
avec J.-D. Morvan et O. G.
Boiscommun

LES POTAMOKS
trois volumes
avec J. L. Munuera

ROMANS PETIT VAMPIRE
deux volumes
avec S. Jardel

LE BESTIAIRE AMOUREUX
quatre volumes

LES CARNETS DE JOANN SFAR
quatre volumes

En collaboration avec
Lewis Trondheim :

DONJON ZÉNITH
six volumes
avec Boulet

DONJON CRÉPUSCULE
six volumes
avec Kerascoët, Obion

DONJON POTRON-MINET
cinq volumes
avec C. Blain

DONJON PARADE
cinq volumes
avec M. Larcenet

DONJON MONSTERS
douze volumes
avec Mazan, J.-C. Menu, Andreas,
Blanquet, Vermot-Desroches, Yoann,
Blutch, Nine, Killoffer, Bezian,
Stanislas, Keramidas

DONJON BONUS
avec A. Moragues

Aux Éditions Denoël

L'HOMME-ARBRE
deux volumes

Aux Éditions Dupuis

En collaboration avec E. Guibert
LA FILLE DU PROFESSEUR
prix René Goscinny,
Alph-Art Coup de cœur

LES OLIVES NOIRES
trois volumes

Aux Éditions Nathan

DES ANIMAUX FANTASTIQUES
avec C. Blain et B. Coppin

CONTES ET RÉCITS DES HÉROS
DU MOYEN ÂGE
avec G. Massardier

Impression Jean Lamour
à Maxéville, le 8 octobre 2011
Dépôt légal : octobre 2011

ISBN 978-2-07-044497-7 / Imprimé en France.

233115